LUTAS E LENTES: RETRATOS DA RESISTÊNCIA

HECATOMBE

LUTAS E LENTES: RETRATOS DA RESISTÊNCIA

ORGANIZADORA
DEBORA RIBEIRO RENDELLI

editora Hecatombe
primeira edição
2021

APRESENTAÇÃO

Quando a Debora pediu pra eu escrever a apresentação do livro *Lutas e lentes: retratos da resistência*, comecei a imaginar o que poderia ser dito sobre as fotografias de momentos tão marcantes para a história do país contraditório e hostil chamado de Brasil. Claro que pensei em falar coisas como "poesia visual", "sentimentos de revolta", "narrativas sobre o golpe" e afins, mas acho que teremos pessoas bem mais qualificadas para essa abordagem.

Assim, parti do que as imagens apresentam. Vida. Porém, a vida que não acata jugos dos governos golpistas e nazifascistas. E é reprimida (os órgãos de repressão também estão aqui). Uma vida cansada de ser objeto de uma situação. E é reprimida. Uma vida que quer estar viva, e ter voz. E é reprimida. E teve, nas ruas, e continua tendo agora, quando é transformada em imagem. E que agora não pode ser reprimida.

Enquanto buscava como escrever tudo isso, fui até o Mamelo Sound System, e a música Festa/Luta: "Alô Brasil, vamos lembrar:/na ditadura militar, manifestar rimava com tortura./ Tamo vivo, agora atura". A ideia aqui do livro é essa. As imagens são a vida; pessoas que gritam sua vida, e que gritam seu direito de estarem vivos, e de existirem enquanto cidadãos com suas individualidades, desejos e causas reconhecidos, e levados às pautas.

Nesse sentido, é claro que estou escrevendo de um lugar estrangeiro ao das fotos. Não estive nesses protestos, e não faço parte da maioria dos grupos de alguns deles. Por isso achei esse livro tão importante: os artistas trazem os muitos grupos sociais, culturais e étnicos do país lutando pelo direito inalienável de estarem vivos — e da forma que acharem melhor. Muitos ali são diferentes de nós em vários sentidos. Mas eles estão vivos, e uma vez vistos, não podem mais ser ignorados.

Na essência das fotografias há muitas analogias com literatura e psicologia, mas ao meu ver, tem primeiro, vozes que foram reprimidas por muito tempo e que agora estão vivas, e livres, e que nas fotografias continuam indagando e exigem nossa resposta, no momento exato em que olhamos pra elas. Citando agora a Larissa Luz (em *Descolonizada*), "Liberdade é não ter medo", e a principal mensagem das fotos é essa, essas pessoas não têm medo. As fotos são a própria alegoria da coragem; as causas estão vivas, esperando pelos bravos. E nós, que agora, com o livro em mãos, olhamos tudo — parados e mudos?

LUCAS GROSSO

Poeta, escritor e professor

Instagram: @lucasgrossooficial

SUMÁRIO

PREFÁCIO

QUADROS EM DECLOSÃO

A declosão-do-Mundo começa aqui dentro... Declodir o olhar como experiência de abertura, retirada e destruição das molduras e enquadramentos criados pelo Mundo-Branco... Derrubada das cercas e retirada das clausuras.

Inventar molduras que transgridem e ao mesmo tempo quebram a lógica de repetição do olhar hegemônico colonizador. A arte de mostrar e esconder sem fixar a imagem dos corpos, interromper a narrativa que cristaliza e persiste durante a História. Pois, conforme Jota Mombaça e Musa Michelle Mattiuzzi, "a visibilidade é uma armadilha e a representação é um beco sem saída". Recriar as nossas existências, inventar rotas de fuga em meio às múltiplas lógicas de capturas.

Por sua vez, as insurgências e revoltas ao longo da história do Brasil nos conta dos Malês, dos guerreiros Tupinambás, Anacés, Tupiniquis, Cariris... Os protestos espalhados pelo Brasil nos últimos dois decênios revelam as múltiplas faces do poder, da dominação e das formas de resistências por meio dos enquadramentos das teleobjetivas, angulares, macro, olho de peixe, olho por olho... Comprova, inclusive, que o monopólio da violência-legítima e simbólica é Branco. E que a noção de 'não-violência', por sua vez, é uma criação da situação colonial. O Mundo-Branco como essa força motriz colonial-capitalista-heteropatriarcal inventora do Outro.

Uma das funções da violência colonial no Brasil contra corpos-negres, dissidentes de gênero e empobrecidos sempre foi, por um lado, esvaziar o passado e impedir seu futuro por meio de floreios e perspectivas românticas da negação de sua verdadeira face genocida e extrativista e, por outro, perpetuar o desejo de exploração e a tentação de eliminação de populações inteiras. Ela se manifesta, inclusive, por meio da noção de 'não-violência' — face colonial onde a "paz" mais parece ter a forma de uma "guerra permanente". A produção da vida, portanto, só pode surgir do cadáver em decomposição do Mundo-Branco.

A violência-emancipadora é a forma que os corpos-encurralados têm para responder às imagens coloniais reencenadas na contemporaneidade: lógicas dos Navios Negreiros, da Plantation e do Cativeiro. Nas palavras de Achille Mbembe, a violência-emancipadora trata-se de "dar a morte àquele que se habituou a jamais a receber, mas a sempre a ela submeter outrem, sem limites e sem contrapartida". É preciso impor, por meio da violência, uma redefinição e distribuição da morte. Ainda assim, a violência-emancipadora não estabelece uma simetria de poder entre os corpos, mas abre possibilidades do sujeito historicamente prostrado erguer-se por meio daquilo que Frantz Fanon chamava de "práxis absoluta".

A inauguração de uma vida possível no em-Comum: o fato de sermos cada vez mais convocadas e convocados à questão central de nosso tempo: "abrir-se ao outro sem asfixiar o eu mesmo", como nos desafia Édouard Glissant. A possibilidade de um bem-comum passa pela inevitabilidade da violência como um dos fenômenos da descolonização material, portanto, relacional deste Mundo-Branco que separa "nós" e "eles".

Cada fotopoética contida neste livro é um elogio aos quadros em declosão, um exercício cotidiano de um olhar-opositivo. É uma rasura e uma brecha possível na afirmação insurgente de uma pluralidade e a necessidade de borrar fronteiras, habitar encruzilhadas com fogo e lentes. Enquadrar sem fixar. Fotografar constitui, ainda, a ação de pixelar os mosaicos das múltiplas trincheiras de luta e ao mesmo tempo aquarelar os rostos, deitar água como tática de desaparecimento e sobrevivência às miríades formas cotidianas de enclausuramentos.

RÔMULO SILVA
Poeta e pesquisador
Instagram: @franromulosilva

DOMÊNICA BORGES

Assistente Social, antimanicomial, antiproibicionista, antirracista, anticapitalista. Foi pesquisadora do Núcleo de Estudos, Pesquisas e Extensão em Saúde Mental e Atenção Psicossocial (NEPS) – CNPq – UERJ e Programa de Educação pelo Trabalho para a Saúde (PET-Saúde) – GraduaSUS – UERJ/MS.

Racismo, loucura e tortura — Rio de Janeiro, RJ. — maio/2018

GABRIEL NUNES DA SILVA

É um homem negro de 21 anos. Antropólogo e Artista Visual. Itaperunense morando em Belo Horizonte. É graduando em Ciências Sociais pela Universidade Federal de Minas Gerais. Encantado com fotografia e cinema desde criança, faz do audiovisual uma forma de opor seu olhar e se expressar.

Monumento aos estudantes mineiros | Belo Horizonte, MG. | junho/2019

A universidade está ficando preta — Belo Horizonte, MG. — agosto/2013

Queremos divulgar conhecimento   Belo Horizonte, MG.   junho/2019

GUSTAVO COSTA

Fotógrafo, 27 anos, estudante de Geografia e militante do Movimento Negro periférico. Morador de Sabiaguaba, periferia da cidade de Fortaleza — CE. Encontrou-se com a fotografia aos 16 anos, desde então, nunca mais parou de registrar tudo aquilo que lhe toca e que lhe atravessa, de alguma forma. Seus trabalhos giram em torno da fotografia documental, fotojornalismo, fotografia de paisagem e retratos. Utiliza da fotografia como ferramenta de mudança social e de ativismo político. Atualmente, além dos trabalhos e exposições individuais, compõe dois coletivos, o Zóio e o Perigrafia, ambos compostos por fotógrafos(as) das periferias de Fortaleza.

16-19

Um grito de Luta Brasília, DF. maio/2017

Enquadrando os canas Brasília, DF. maio/2017

Brasília, DF. maio/2017

JULIE DE OLIVEIRA

Fotógrafa e Realizadora Audiovisual. Bacharel em Cinema pela Universidade Federal de Santa Catarina.

Nenhum direito a menos

Florianópolis, SC

novembro/2015

NÃO ao PL 5069!

Lute como mãe e filha

Florianópolis, SC.

novembro/2015

LAURA BATITUCCI

Mineira nascida em Belo Horizonte e formada em Letras pela Universidade Federal de Minas Gerais, agora é estudante de Cinema e Audiovisual na Universidade Federal Fluminense. Trabalha com fotografia desde julho de 2018, tendo realizado a direção de fotografia de dois curtas universitários — *Deixe o Sol*, produzido em julho/agosto de 2018; e *Os Monstros*, produzido em dezembro de 2018.

24-27

Multidão ergue punho Rio de Janeiro, RJ. março/2019

Quem planta arma colhe corpo no chão

Rio de Janeiro, RJ.

março/2019

LUIS FELIPE CAPELLÃO

Fotógrafo independente, iniciou sua trajetória fazendo registros em estádios de futebol com arquibancada de cimento. Militante da Frente Nacional do Torcedores, participou de diversos atos contra a privatização do Maracanã. Esteve presente em praticamente todos os atos das jornadas de julho, registrando desde o início o movimento contra o aumento das passagens de ônibus no Estado do Rio de Janeiro. Posteriormente cursou Cinema e Audiovisual na Universidade Federal Fluminense.

28-31

Noites Quentes
Rio de Janeiro, RJ.
outubro/2013

Tropa do Cabral Rio de Janeiro, RJ. abril/2013

Resistência

Rio de Janeiro, RJ.

julho/2013

MAYA VIANA

É poeta e artista visual, natural de Mauá/SP, autora do livro *Fera Ferida Made in Mauá*, Penalux. Integrou o Curso Livre de Preparação do Escritor (CLIPE) na Casa das Rosas em 2019. Está na antologia *Quem dera o sangue fosse só o da menstruação*, Urutau, na plaquete *Microfone — Clipe* e na 4ª edição da coletânea *Carnavalhame* em homenagem a Marcelo Yuka, um dos fundadores e integrantes do'Rappa.

São Roque, SP. outubro/2013

PAULA HOLANDA CAVALCANTE

É escritora, fotógrafa e pesquisadora baiana. Ela é graduada em Comunicação Social com habilitação em Jornalismo pela UFBA e atual pesquisadora da especialização em Desenho com ênfase em Metodologia do Desenho na UEFS. Utiliza a fotografia como prática cultural e antropológica, registrando manifestações e eventos culturais.

34-37

Futuro

Feira de Santana, BA.

maio/2019

O bater das asas

Feira de Santana, BA. maio/2019

ROAN NASCIMENTO

Atua como fotógrafo profissional desde 2015. Participou de exposições nas cidades de João Pessoa e Olinda, atualmente com a exposição on-line PAVIO, Menção Honrosa nos concursos Brasília Photo Show e MPPB e Direitos Humanos. Em sua fotografia tem como objeto principal pessoas e cenas de seu cotidiano.

38-41

Pavio I

João Pessoa, PB.

setembro/2019

Pavio II

João Pessoa, PB.

agosto/2019

Pavio III João Pessoa, PB. maio/2019

TÁCITO YURI DUTRA CHIMATO

Trabalha com fotografia há aproximadamente 8 anos, mas começou a cobrir manifestações há 6. Fez jornalismo em Minas Gerais, na cidade de Mariana, e começou a tirar fotos como parte do estágio na Secretaria de Cultura e Turismo local. Lá, cobriu os eventos, shows, tudo que abrangia as duas áreas da secretaria. Paralelamente, fez a disciplina de fotojornalismo, e teve a oportunidade de trabalhar no Festival de Inverno de Ouro Preto e Mariana. Como não tinha equipamento, usava o da faculdade, de forma que demorou a adotar uma frequência e moldar seu estilo. Em 2014, comprou uma câmera no exterior e passou a atuar no movimento estudantil e no setor da mineração. Em 2016, voltou para São Paulo (morava em Minas, mas foi para lá por causa da graduação, nasceu e vive a vida até o momento em São Paulo), e segue fotografando nas manifestações. No mesmo ano, foi contratado para cobrir a CPI da Merenda na Assembleia Legislativa, e seu destaque garantiu um contrato como freelancer. Ficou mais 2 anos lá, e nesse meio tempo comprou um equipamento melhor (lente, tripé e flash) e fez o curso de Processos Fotográficos na ETEC de Artes. Foi seu período de maior evolução profissional. No momento, é mestrando em Ciências Humanas e Sociais na UFABC, pesquisa a comunidade haitiana.

Intervenção no ato em defesa pelo aborto livre e seguro

São Paulo, SP.

junho/2018

NÃO PASSARÃO! LGBTQI+ não são doentes! São Paulo, SP. setembro/2017

Marcha em defesa do aborto livre e seguro

São Paulo, SP.

junho/2018

TAINARA VASCONCELLOS

É fotógrafa e historiadora especializada em artes do Rio de Janeiro, que se comunica por meio da linguagem artística. Pesquisa Construção de Identidade e Memória em fotografias de negros do século XIX e Fotografia como arte. E quando não está clicando, escreve textos e se manifesta artisticamente.

Mulheres na luta

Rio de Janeiro, RJ.

maio/2019

A universidade pública resiste | Rio de Janeiro, RJ. | maio/2019

Peguem suas armas! Rio de Janeiro, RJ. maio/2019

VICTOR MANTELLI

Estudante de Ciências Sociais pela Universidade Federal Fluminense, UFF, trabalha com fotografia e audiovisual. Nascido em Vitória, ES, foi morar no Rio de Janeiro (2013) e a partir daí, passou a se dedicar ao fotojornalismo. Um sentido foi encontrado para suas fotos: documentar.

50-53

Caravana nacional contra a PEC55 Brasília, DF. maio/2017

Cinelândia, RJ.

maio/2017

Niterói, RJ.

maio/2017

WESLEY PRADO HEREDIA

É jornalista, fotógrafo e diretor de fotografia. Seus cliques transitam entre paisagens, pessoas e histórias visuais. De forma independente, fotografou a primavera carioca de perto, e de tão perto, foi detido e acusado pela PMERJ por portar uma câmera e não ter crachá de imprensa. Após imbróglios jurídicos foi inocentado 7 anos depois por falta de provas.

54-57

Combustível Niterói, RJ. junho/2013

Barricadas | Niterói, RJ. | junho/2013

Pendular Niterói, RJ. junho/2013

NOTAS

58-61

DOMÊNICA BORGES

Racismo, loucura e tortura, p. 13

Ato pelo Dia Nacional da Luta Antimanicomial. Racismo, loucura e tortura se relacionam? Na foto, ex-internos de manicômios simulam a prática do eletrochoque como comumente era usado para "tratamento", "cura" dos ditos loucos. Intervenção, teatralidade e arte. Artista Arlindo Oliveira da Silva, ex-interno da Colônia Juliano Moreira.

GABRIEL NUNES DA SILVA

Monumento aos estudantes mineiros, p. 15

2º "Tsunami da Educação". Estudantes tomam conta de um dos cartões postais de BH, o Monumento a Civilização Mineira, localizado na Praça Rui Barbosa — a Praça da Estação.

A universidade está ficando preta, p. 16

3º "Tsunami da Educação". Alisson e Mariana são estudantes de Filosofia e Gestão Pública na UFMG, respectivamente, e constroem o Movimento Negro e o Centro de Convivência Negra da UFMG.

Queremos divulgar conhecimento, p. 17

2º "Tsunami da Educação". Estudantes do Brasil inteiro vão às ruas lutar contra o sucateamento da educação pública.

GUSTAVO COSTA

Um grito de Luta, p. 19

Enquadrando os canas, p. 20

Black Block, p. 20-21

Grande manifestação Fora Temer. O fotográfo foi convidado para fazer cobertura colaborativa junto aos movimentos sociais organizados.

JULIE DE OLIVEIRA

Nenhum Direito a Menos, p. 23

Lute como mãe e filha, p. 24-25

Ato contra o projeto de Lei Nº 5069.

LAURA BATITUCCI

Multidão ergue punho, p. 27

Protesto #15M.

Quem planta arma colhe corpo no chão, p. 28-29

Manifestação contra os cortes do ministro Abraham Weintraub nas universidades brasileiras.

LUIS FELIPE CAPELLÃO

Noites Quentes, p. 31

Jornadas de julho, Central. Manifestantes tomam ônibus e o atiram contra agência bancária. Posteriormente foi incendiado. Polícia dispersa com bombas e gás lacrimogênio. Data marcada por tentativa de prisão arbitrária registrada ao vivo pela Globonews.

Tropa do Cabral, p. 32

Manifestação *Maraca Pra Quem*, reinauguração do

Maracanã, jogo teste. Ato puxado pela Frente Nacional dos Torcedores, Comitê Da Copa e Olímpica e Comunidade Acadêmica da Escola Friedenreich. Movimentos que denunciaram as irregularidades da privatização do Maracanã (comprovadas pela justiça anos depois) e que lutaram pela manutenção da Escola Friedenreich e Aldeia Maracanã.

Resistência, p. 33

Jornadas de julho. Manifestante enfrenta barreira policial que dispersava manifestação. O manifestante da foto foi detido com o avançar da tropa.

MAYA VIANA

[sem título], p. 35

Foto tirada de um celular modelo Nokia C3 na manifestação contra o Instituto Royal em São Roque.

PAULA HOLANDA CAVALCANTE

Futuro, p. 37

O bater das asas, p. 38-39

Estudantes na greve nacional da educação.

ROAN NASCIMENTO

Pavio I, p. 41

Tabajaras no ato em defesa das universidades públicas.

Pavio II, p. 42

Tabajaras no ato primavera de luta pela paz: ato político, científico e cultural promovido pela Associação Brasileira de Saúde Coletiva.

Pavio III, p. 43

O primeiro de uma série de protestos em todo o Brasil que buscavam reivindicar o desmonte na educação promovido pelo governo Bolsonaro.

TÁCITO YURI DUTRA CHIMATO

Intervenção no Ato em Defesa pelo aborto livre e seguro, 45

O ano de 2018 ficou marcado na América Latina pela luta das mulheres em prol da legalização do aborto em diversos países. Na Argentina, após a legalização ser rejeitada pelo senado, milhares de manifestantes tomam as ruas a favor da descriminalização, espalhando a onda mundo afora. Na foto, grupo realiza intervenção em frente à câmera dos vereadores em São Paulo, capital.

NÃO PASSARÃO! LGBTQI+ não são doentes!, 46

Em setembro, um juiz do Distrito Federal autorizou o "tratamento" de LGBTQI+´s como vítimas de uma doença psicológica, permitindo a "cura gay" por meio de terapia. A decisão gerou revolta e repúdio de diversas organizações Brasil afora, com inúmeras manifestações. Na foto, uma drag ergue o punho em frente à tropa de choque.

Marcha em defesa do aborto livre e seguro, 47

O ano de 2018 ficou marcado na América Latina pela luta das mulheres pela legalização do aborto em diversos países. Na Argentina, após a legalização ser rejeitada pelo senado, milhares de manifestantes tomam as ruas a favor da descriminalização, espalhando a onda mundo afora. Na foto, manifestantes na linha de frente carregam a faixa com os dizeres "Legalização do Aborto já!"

TAINARA CEZAR

Mulheres na luta, 49

Em frente ao Theatro, símbolo da elite carioca, que também perpassa a idealização da mulher branca bailarina e delicada, uma jovem negra ergue o cartaz "Mulheres na luta" — em meio à multidão, reposicionando o espaço feminino (e negro) no centro do debate pela educação, que, quando libertadora proporcionada acesso aos espaços a todos os grupos sociais. A jovem segurava dois cartazes virados para frente e trás, ambos com inscrições. Manifestação contra o sucateamento da educação pública.

A universidade pública resiste, 50

Alunos da Universidade Federal Rural do Rio de Janeiro (a fotógrafa é ex-aluna) presentes em peso na manifestação contra o sucateamento da educação pública. A foto retrata a luta do jovem universitário ou que se formou em universidades públicas e, há anos, batalha por educação de qualidade que permitiu acesso a lugares e formações antes inimagináveis.

Peguem suas armas!, 51

Em tempos em que buscam nos cegar diante dos fatos, permitir-se caminhar pelo conhecimento tendo autonomia de pensamentos se torna revolucionário. Manifestação contra o sucateamento da educação pública.

VICTOR MANTELLI

Caravana nacional contra a PEC55, 53

[sem título], 54

[sem título], 55

Caravana Nacional contra a PEC55.

WESLEY PRADO HEREDIA

Combustível, 57

Barricadas, 58

Pendular, 58-59

Protesto contra o aumento das passagens de ônibus.

HECATOMBE

avenida peirao besada, 6 - 2ºD
36163 — poio (pontevedra)

rua do cajú, 478,
jardim das cerejeiras, cotia — sp,
brasil
06724-015

[+55] 11 94859 2426 [brasil]
[+34] 644 951 354 [galiza]

www.editoraurutau.com.br
contato@editoraurutau.com.br

[EDITORA]
debora ribeiro rendelli
[CAPA & PROJETO GRÁFICO]
victor prado
[IMAGEM DA CAPA]
roan nascimento

dados internacionais de catalogação na publicação (CIP) de acordo com ISBD

L973 lutas e lentes: retratos da resistência / organizado por debora
ribeiro rendelli. — cotia, sp: editora hecatombe, 2021.
64 p. ; il.; 21,2cm x 28cm.

ISBN 978-65-87938-03-5

1. Fotografia. I. Rendelli, Debora Ribeiro. II. Título.

CDD 770
CDU 77

elaborado por odilio hilario moreira junior - CRB-8/9949

este livro foi editado
no outono
de 2021